詩集

イランカラプテ・こんにちは

鈴木春子

コールサック社

詩集

イランカラプテ・こんにちは

目次

Ⅰ章　未来のための備忘録

Ⅱ章　河津桜物語

Ⅲ章　最後の食べ物

Ⅳ章　イランカラプテ・こんにちは

詩集

イランカラプテ・こんにちは

鈴木春子

Ⅰ章　未来のための備忘録

雪遊び

かまくらの作り方をテレビでやっていた
まず中心になる部分に台になるものをおき
雪を積み上げていく
適当な高さになったら
棒きれを何本かさしこんでおき
つめたものを引き出し
穴を掘ってゆき
棒を目安にすれば
壁の厚さが同じに保たれるとか

子供の頃は
雪がたくさん降ったのだが
かまくらまでは作る習慣がなかった
雪の量に不足はなかったろうに

ゴム長靴もなく
手袋もなく
着るものも貧しく
寒くて寒くて
粗末な食べ物ばかりだったから
しもやけが崩れたりして
雪遊びはうれしくなかった

一つだけ
楽しんだのは
一面に広がる白い大地に
家の間取り図を踏み固める遊びだった
小さな藁沓で踏み固める高さが
部屋のしきり

ここが玄関
ここが風呂場
ここが便所
ここが台所
ふところに手を突っ込み
せっせと雪を踏みしめる

新雪が降り積もるたび
家は新しくなる
引っ越し好きになったのは
幼い頃のこんな遊びからだったのか

灯りの回廊

たった一夜の
幻想的なイベントが
雪深い豪雪地帯の夜を彩るのだそうだ

除雪を続けて雪の壁が道路に積み上げられ
一番高くなる二月の第三土曜日の夜
雪の壁に穴を開けろうそくを立て火をともす
住民すべてで
十万本のろうそくの火が
延々六十キロともるのだという

晴れの日とは限らないだろう
雪も降り凪も吹くかもしれない
芯が太く凪に強いろうそくを特注し
ぬかりなく状況に備えるという

雪茶屋などと称し
温かいものが食べられる
そんな楽しみも用意して

厳しい現実にも負けない
気合を重ね合わせ
作り上げた見事な灯りの回廊を
宇宙ステーションから
撮影していただけないものだろうか

拝啓　チーフスノーマンさま

伊藤親臣《よしおみ》*さま
上越市の安塚区で
雪利用の研究がなされていることは知っておりましたが
お名前はＮＨＫのラジオ深夜便で知りました
ようこそ越後の地へお出でくださいました
雪国生まれで雪のないところに住む者が
後ろめたい気持ちを抱きながらも
心から感謝申し上げます
大企業に就職が決まりかけ

故郷の名古屋へ帰れたのに
よくぞ雪国を選んでくださいました
安塚の町長さんの熱意も強かったのでしょうか

やっかいものの雪を
冷やすためのエネルギー源とし
その利用方法を研究なさり
すでに立派な成果を挙げられ
各地で普及しているとは明るい情報でした
現代版雪室の中では
野菜の新鮮さが保たれ
しかも味がよくなるとは
なんとすばらしいことでしょう

新米の感動が少ないわけが分かりました
すぐれた冷蔵保存が実施されているからでしたか
米離れをした人々も
きっと戻ってくるでしょう
秋に収穫された米が
日本海側の雪冷蔵倉庫へと運ばれ
雪のゆりかごで休んでいる間に味もよくなり
必要な分だけ引き出され里帰りする
そんな光景が現実になって欲しいものです
積極的に省エネルギーを進めるためには
みんなで知恵を出し合いたいものです

南極の氷も解けているそうです
少しでも炭酸ガスを減らすには

雪利用の冷房システム大歓迎です
安塚の小中学校や福祉施設などで
すでに実施されている由頼もしく思います

大阪万博が決まりおめでとうございます
テーマにそったそちらの研究成果が発表できて
世界の多くの人々に賞賛されることでしょう
利雪《りせつ》の神様とたたえられるかも知れません
あるいは温暖化防止の救世主とも
雪室で美味しくなった越後のお酒を
試飲し過ぎないようにして頑張ってください
その前には東京のオリンピックがあります
熱い熱い猛暑になるでしょう
そこにも腕の見せ所がありそうですね

頑張ってください

屋根に太陽光発電のパネルを乗っけているだけで
あまり偉そうなことは言えませんが
温暖化防止といいながらだれも真剣になっていないように思います
やっと心強い味方が見つかった喜びで
心が満たされています
熟睡時間帯にもかかわらず
よくぞ目覚めさせてくれた貴重な偶然にも
心から感謝しているしだいです
では雪だるま財団のますますの発展をお祈りいたします

＊　雪だるま財団のチーフスノーマン（主任研究員）

未来のための備忘録

今この時この瞬間を
容赦なく過ぎ去っていく
かなり生きにくいと思っていても
もっと先には大変になるだろう
振り返った時に
愛おしい日だったと懐かしめるように
くよくよせずに
今が一番いい時と励ましながら過ごして生きたい
これから人生のスタートラインに立つ

すべての人たちに言いたい
認知症になりたくなかったら
心にやましいことはぜったいやらない
年を重ねると思い出したくないような
記憶が濃さを増す

今わたしは
薄くなった愛しい日々をたぐり寄せながら
やがて来る冬の日にそなえ
備忘録を綴っている

一冊の本

本を一冊作るのが夢だといっていたのに
薄い作品集だけ残して逝ってしまった
酔芙蓉との出会いが面白く書かれており
その普及委員をしているのだといっていた

詩集を出したが作り直したいと
待ち望んでいたけれど
実現させないまま病に倒れ
書き込みをたくさん残したまま

逝ってしまったという
奥様に送ってもらったそれには
酔芙蓉の詩があった
酒好きの身だから
夕方紅色になるそれは
自分自身だと

アンチエイジングの良い友人を相次いで失った
酔芙蓉をもらっておけばよかったと
今になって悔やまれて仕方がない

私の三冊目の本は
お二人の思い残した無念さに
背中を押され

思いの少しでも代弁できないものかと
考えているのだけれど
力不足が悲しい

春夏秋耕冬読

読書の秋とはよく言ったものだ
つるべ落としの夕方には
寂しさが押し寄せ
寒い風が吹き出せば
心を満たす文字が恋しくなる

読書は盲人用の録音図書がたくさんあるので
年中寝床の中などで楽しんでいるのだけれど
創作をしたいと思う気持ちは限られる

園芸好きなわたしは
外の作業が始まれば
頭の中はその算段でいっぱいで
ほかのことには気が回らない

何年もかかって出来た詩集には
思い出しては苦笑する
つめたい風が吹き出すと
パソコンを開く
久しぶりに読む（聞く）
なかなかいい詩だ本にしたい
推敲を重ねていくうちに
こんなのはだめだろう

嫌気が差してくる頃
春の日差しが暖かくなる
ノートパソコンのふたは閉じられる
そんな繰り返しが
何回となく続いた

十一月二十六日はペンの日だという
島崎藤村が日本ペンクラブを作ったのを
もとにしているようだ
やはり創作意欲が増す頃と
わが意を得たり

踏み台を高く

本を読むことがなぜ大切なのか
幼い子に説明するとしたら
読んだ本を重ねていって
それを踏み台にすれば
遠くが良く見えてたくさんのことが分かるから
立派な人間になれるのですよ
もし孫がいたら
そんなふうに言ったかと思うが
それではどうも生ぬるいようだ

孟母三遷は子供の教育環境を求めて
葬儀場　商店街　学校と移り住む話で
よく知られていることだけれど
現代版孟母は迷うことなく
図書館のそばに住み
生まれてすぐに
読み聞かせをするのだそうだから驚くばかりだ
とにかく本をたくさん読ませて
子供すべてを東大に合格させたそうだから
本を読むことがいかに大切かわかるでしょう

教育環境がよくなくて
目指す学校に入れなかった人に言いたい

人それぞれだから
もって生まれた能力を大切にして
自分磨きに励んでいこう
よりよい人生を送るためには
やはり良書を友として暮らせば
心豊かで幸せな人生が
約束されると信じます
スマホばかりいじっていては危険です

スプリングソナタ

ベートーベンのスプリングソナタが流れると
魔法にかけられる
ピアノとバイオリンが
はしゃいで会話するように聞こえる
一緒に心が躍りだす
ピアノのパートは私
そちらさまはバイオリンでよろしいでしょうか
氷上でアイスダンスでもやれたらいいですね
曲が終わるまでの夢の中

筆談しか出来なかったというベートーベン
恋人にも恵まれなかったという
どうしてこんなにも素敵な曲が
音を失いながらも作れるのだろうか

過酷な運命を思いやるとき
より激しく　より強く
われらの琴線を
震わせていくのでしょう

ああ　ベートーベンさま
たくさんの人たちが恋しています
数々の名曲に
あなたさまに

ブルースカイブルー

艶のあるいい声で
この悲しい別れの歌を歌った人*が
若くして逝ってしまった
この歌が一番好きという人が多い
私も大好きな歌だ

この歌がはやった頃
透明なブルーが
わたしの救世主になってくれた

無くしてばかりいた
コンタクトレンズに
ブルーの色をつけていただいて
落としてもすぐ見つかって
コンタクトレンズ貧乏から抜け出せた

レオナルド・ダ・ヴィンチは
コンタクトの仕組みを考えていたようだが
樹脂の出現でやっと形になり
より目に優しくて
手軽なものへと進化した
それでも私は十年も
ブルーハードレンズのお世話になっていた
その悲しい別れは

加齢に伴う新たな目の病いで
コンタクトが使えなくなったのだ

＊西城秀樹

方違《かたたが》え

昔の人は出かけるとき
行く先の方向が占いで悪いとなると
まず違うところへ移り
そこから目的のところへ出かけていく
なんと厄介なことと思っていた

沼津市に住んでいた頃
富士山を仰ぎながら通勤していた
愛鷹山《あしたかやま》が裾野を隠して上の方だけだったが

気の重い日があっても
富士山を眺めると力が湧いてきて
今日もがんばろうと
朝の空気の中勤め先に急いだのだった
富士を背にする帰り道は
何か忘れ物をしたような気分
そこで私は方違えを真似てみる

帰路を直角に南下して
本屋さんの方へと回り道をする
そこから狩野川の土手へ出ると
箱根伊豆の山々が見渡せ
広やかな大空を仰ぎながら
草道の感触を懐かしんだ

私の人生
振り返ってみれば
方違えばかりしていたようだ

夜を行く

昼間の憂さを
暗闇にそっと捨て
歩き出す
何かに呼ばれているような
そんな気がして

どこかで弾いているチェンバロ
低音のひびきが力強い

あの音は
スチールパンだろうか
やさしい音色で大好きだ

遠くのほうから
救急車のサイレンが聞こえてくる
佐鳴湖《さなるこ》の対岸近くには
大きな総合病院がある
湖面を渡って
この世の無常を伝えていく

明るくなれば
湖畔を歩く人たちが集う所
生き生きとした精気が行き交うところだ

木々の間からのぞく
細切れの佐鳴湖を見下ろしながら
ここに住み始めて
はや二十年経った

Ⅱ章　河津桜物語

河津桜物語

桜前線が
沖縄から始まる頃
伊豆半島の東海岸にある河津町から
桜祭りの話題が聞こえ始める

すっかり有名になりその時期は
地元の人たちは道が込んで大変らしい
花の美しさもさりながら
まだどこにも咲いていない

それが一番の魅力か

偶然生まれた一本の苗木から
たくさん増やされ
あちこちに植えられて
もてはやされている

飯田勝美さんが
河津川の河原の草むらの中からみつけ
大切に育ててくれた
そのいきさつを思いやると
何か不思議な運命を感じる

この間の戦争で片目を失っていたそうである

男性とはいえ
心のそこには
憂いを抱えていたのではないだろうか
一人静かに釣りをしながら
何を思っていたのだろうか
趣味で通っていた河原で
桜の苗木を見つけ
庭に植え
十年の間待ってくれる優しさがあったから
貴重な花が日の目を見たのである
お名前に美しいとつけられているのもいい

ソメイヨシノに比べれば花期も長く
大ぶりで紅色も濃い

いい花を残してくださったことに
感謝をしながら
戦争で傷ついた人や
命を奪われた人々に
心からの鎮魂の祈りをこめて
そして平和のありがたさをかみしめながら
河津桜を見上げたいものである

桜　さくら

世の中に絶えて桜のなかりせば春の心はのどけからまし
在原業平

桜前線が動き出すと
この歌を思い出す
視力が薄れてくると
香りのない桜は苦手になる
大木の桜はことさらによそよそしい

梶井基次郎は
「桜の樹の下には」死体が埋まっていると
どきっとする言いかたで
その美しさを表現した

坂口安吾は
「桜の森の満開の下」で
美におぼれ過ぎると破滅をまねくと記し
奇妙な読後感のうちにも
やはり桜の存在がきわだっている

わたしの桜への思いは
平安神宮の枝垂桜の枝枝に
心を引っ掛けてきたと稚拙な表現をした

詩集を読んでくださった未知の方から
「取り戻しにおいでください」と
はがきを頂いた
夢かと思うほどうれしく
「はい　そうさせていただきます」と
いいたかったが
もう動きが自由にならないので

あこがれは古都の桜にひそやかに預けてあれば心騒がず

と返歌させていただきたい

記憶

確かめずにおわったのが
悔やまれるのだが
最も古い記憶のような気がしている
母の背中で
息苦しかったのをはっきりと覚えている

汽車に乗り花見に行こうとしていた
桜の名所は昔は少なくて
加治川だったが家から大変遠い場所だったから

何か催しでもあって
父と母は出かけようとしたのであろう
列車はものすごく込んでいて
押されて私は大声で泣いてしまったらしい
うるさいとどなられ
どこでどうひきかえしたのか分からないが
桜見物は私のせいで実現できなかったようだ

この間の戦争では泣いた子供が消されたとか
沖縄の洞窟《がま》で
満州からの引き上げ途中などで
人ごとではない気持ちである

後にも先にも一回きりだったが

家出の記憶も鮮明だ
何をしたのか覚えていないのだが
祖母にしかられ
雨の降る夕方
ござぼうしをかぶって
田んぼにいる母や姉のところへたどり着いた
九歳上の姉がいち早く見つけて
びっくりして同情してくれた

これも初めての経験だったが
七歳の夏いじめに会ったことを
泣きながら隣に寝ている姉に訴えた
大変憤慨してくれた
祖母でもなく母でもなく

姉だったのが最良だったかと今思う

父は仕事柄かお酒を飲みすぎて
六十一歳で亡くなったので
思いでは少ないが
東京で下宿生活をしている時
陳情などで上京したさいは
呼び出されて夕食を食べさせてもらった
世の中にこんなに美味しいものがあるのかと
喜んで食べたのがカツ丼だった

肝臓が悪くなり歩くのがたいへん遅く
都会の人々はせわしなくあるき
どんどん追い越され

親子は川の流れによどむゴミのように
なかなか進めなかった

親孝行は何も出来ず
せっせと手紙を書いて
喜んでくれたようだったが
しつっこく体には気をつけてと書いていた
神経をさかなでしていたような気がして
心ぐるしい記憶となっている

記念樹

華やかに繰り広げられた浜名湖花博から
もう十四年経った
記念に買ってきた樹が
見事に紅葉したのは去年
生長が遅くどうしたものかと思っていたら
急に伸びだし
立派な木になった
柿の葉に似て光沢があり
三分の一ほどひきのばしたぐらい細長く

赤みも強く
その紅葉したさまは
目もくらむほど美しかった
スズランの木という
世界三大紅葉樹の一つだそうな

九月三十日の二十四号台風は
電動シャッターが
ばりばり　がたんどたん
ぴゅうぴゅう　ひゅうひゅう
うめき続け
今にもガラス窓が壊されないかと
生きた心地がしなかった
紅葉を楽しみに軽い剪定だった木は

すっかり葉を落としてしまった

家が吹き飛ばされるかと思うほどの台風
この人生で一番の恐怖を感じた台風
桜の花を狂い咲きさせたり
木が倒れ
停電させて多くの人を戸惑わせた
こんな状況には二度と会いたくない
温暖化防止の対策を急いでもらいたい

代替わり

「空き地に家が建ったのだけれど
今の若い人たちは
木を一本も植えないで
全部駐車場にしてしまったのよ」

はあ
ねえー
同世代の分かり合える嘆き

遠い植木市場へ
自転車で出かけ
珍しい花木を求めて帰り
季節ごとに美しい姿を見せていた庭
新年早々のご対面は
いい香りを放つ蠟細工のような
ロウバイの花だった

祖父の思いは孫の趣味のために
駐車場の下に眠らされた
ああ　ああ
わたしの悲嘆をよそに
わが娘は
当然のなりゆきとうそぶく

なんじゃもんじゃ

なんじゃもんじゃの花を見たと友人が言うので
受話器を置くやいなや
庭の木を確かめにいく
我が家の木にも花が咲いていた
去年剪定をしなかったせいか
今年はたくさん咲いた
はなやかな花が咲く五月に
白くて繊細な花房が固まって咲く

風花が飛んできて集まったような
レース模様を透かし見るような
それも西洋の貴婦人の
襟元を飾る細い糸の
繊細さをただよわせる
感動の吐息にも
震えそうな気がする

教えてくれた友人に感謝しながら
一房摘んできて
あなたには見てもらえなかったわねえ
もういない人に話しかける
先立った人のため
一房また一房と積み重ねながら

ああ、賽《さい》の河原
机の上が賽の河原になる
リラに似たあわい香りは
追憶の扉をそうっと開いてくれる

活動的な友人が
「なんじゃもんじゃの並木を見つけたのよ」
弾んだ声で知らせてくれた
岐阜市内だそうだ
名前の持つ面白さが
広まるもとになり
街路樹にまでなったのだろうか
このわたしもその名前にひかれ
苗を買ったのだった

本当の名前はヒトツバタゴという

水前寺公園

「ちっと遅すぎたばい」
桜の木々の葉陰に
名残の花をほんの少し残していた頃に
熊本市内観光をした

水前寺公園の美しさは
忘れることが出来ない
鮮やかな黄緑色の芝生に覆われた
なだらかな築山

大切に抱くように
ゆったりとひろがる清らかな池
今も鮮やかに
目の奥に焼きついている

「女学校の修学旅行で行ったとき
ここにお嫁に来たいと思ったわ」
東京生まれの地方都市に嫁いだ人が言っていた
私たちは子供連れの家族旅行だった

地震で池の水が無くなったと聞き
天変地異の恐ろしさに痛ましい気持ちになった
湧き水はようやく戻ってきたらしい

「熊本へきてはいよ」
ラジオから大きな声が届く
あの奥さんの耳にも届いただろうか

上野の森

康康《カンカン》　蘭蘭《ランラン》を見に
上野動物園へ娘を連れて行った
ちょうど桜の花も満開だった

何かをねだられたのを無視して
すねていたのを
かすかに覚えている

一人っ子だったので

わがままにならないように
なんでもすぐ希望通りにさせないよう
心がけて育てていた

何か覚えているかと聞いてみたら
長い間待たされて
やっと順番になったのに
パンダは二頭とも眠っていて
つまらなかったという
印象に残っているのは
科学博物館だったそうだ

上野の森には
お気に入りの西洋美術館があり

博物館や
文化会館のバレエ公演やら
新幹線を使ってはよく出かけ
親子の足跡は
かなりたくさん残されているはず

今度は私が連れて行ってもらう番だ
触られる美術品はあるだろうか

パンジーのない庭

青い空を見上げれば
ふんわりと白い雲
暖かい冬の陽だまりにつつまれ
心静かに過ごせる幸せをかみしめる
それなのに　今年はさびしい
パンジーの花が一つもない
春を先取りして
はなやかに彩るパンジー

大切な人たちが次々といなくなり
やはり落ち込んでしまっていたのか
花の苗を用意しそびれていた

そしてこの老いの身を
現代医学は
その現状を
いやおうなく提示する

網で救い上げられて
小さな池に閉じ込められ
まな板の上に乗せられかけている
そんな気持ちだ

猜疑心に包まれて呑む薬が
効くはずがなかろう
へんなものにまけるな
がんばれ
頼みとする吾が免疫力よ
春の訪れはもうすぐだ

Ⅲ章　最後の食べ物

最後の食べ物

突然足腰が立たなくなって
祖父は寝たきりになった
そうめんを作ってほしいといわれ
囲炉裏の火で作ってあげた
中学生になったばかりの私が
ちゃんと作れたのかどうか分からないが
美味しかったとお礼を言われ
それっきり何も食べられなくなって
あの世へ旅立った

病院で最期を迎えた母は
見舞い客が持ってきてくれた
おはぎを二つも食べて
それが最後になったそうだ

さて私は何を望むのだろうか
白いご飯に筋子かな
ふあふあのケーキか
やはりおはぎにしよう
自分の家で自分の手でつくったものを
食べたいものだ
甘すぎないあんこのを二つ
お口なおしに

香ばしい胡麻みそをつけたのを一つ
そんないつものやりかたで
どうぞ　願いがかなえられますように

ぬか漬け

もう遠出が出来ない身になって
家を空けないことが
一番いいことは
ぬか床を作ることだと思いついた
故郷にはないものだったから
試行錯誤をしながら
過ぎた日を数える
引きこもりはずいぶん長くなった
おいしい漬物がなぐさめてくれる

結婚したばかりの頃
夫が最初に口にするのが漬物だった
こんなに手をかけて作った
私の料理をなぜ後回しにするのか
不満だった

いま私は
ぬか漬けを一番に口に運ぶ
いや　まな板の上でつまみ食いをする

ふと思いついた
災害の多い昨今
野菜の調理に役立つ
優れものになるはずだと

魚

天秤棒で魚を入れた笊《ざる》をぶらさげて
山を越えた浜のおばさんが魚を売りに来る
峠道は車で来たらしい
作ってあげるからと
井戸端で手際よく捌《さば》いて鍋に入れてくれる
いか　さば　たら　いわし
山の向こうの日本海には
それだけしか獲れないのかと思っていた
でもたらの煮付けは大好きだった
光る琥珀のような煮凝《にこご》りが懐かしい

時代は進み車社会となり
田舎でもスーパーマーケットなどが出来
食材も豊富に求められるようになった
良寛様が生まれた近くの寺泊に
大きな　魚の市場が出来た
魚のアメ横と称され
バスツアーで東京からわざわざ来るほどで
カニがたくさん並んでいて
私も興奮した
やはりズワイガニだろう
小型の手ごろの値段のカニを
人数分買って来て食べさせてもらい
日本海の偉大さが分かった

ピーマン

光るＣＤを目印にして
ピーマンのところへたどり着く
そっと手を伸ばすとある　ある
カラーピーマンと同じ手触りの
肉厚な冷ややかなピーマンが見つかる

苗はかぼちゃに接木をしたものだった
夏の太陽を取り込むように枝葉を伸ばし
しっかりと育っている

聞き終えたＣＤ盤が
虫除けとなり
私の歩く大事な目安になってくれる
肥料も生ゴミと落ち葉そして雑草
小さな循環だけれど
ごみ減量に貢献している

誰もほめてくれないけれど
私の体は喜んで
小さなピーマン一つにもときめいている

闇汁

見えないと料理は難しい
いらいらが破裂しそうになったとき
えい　闇汁だ
そう決めてしまったら
気が楽になった

食欲と二人三脚
昔取った杵づか
ぴかぴか光るステンレス鍋が

手元を導く助けとなる
ＩＨヒーターは
安全が約束されているし
熱々は闇汁でも絶品

カレーライス

カレーにしました
泣きながらでも作れるからです
くやしくて情けなくて
どうしようもないけど
おなかはすくのです

近くの庭に
河津桜が咲いているというので
見に行き

帰りは一人で大丈夫と
言い切ったのに
ちょっとした迷いから
変なところを歩き回り迷ってしまった
あせればあせるほど分からなくなる
これはもう認知症状態か
人の気配はない
やっと団塊世代のご夫婦かと思われる人に
助けていただけた
桜もぼんやりとしか見えないし
事の重大さが強まった

カレーの作り方は間違えずに出来た
その味はいつもより少し淡白だったが

美味しくできた
手引きをしてくれた人の
優しい言葉も一緒に煮込んだからだろう
「私たちも少しすれば同じになります」
気持ちに寄り添った思いやりに
うれし涙も止まらない

栗

田舎の家の裏庭に
丹波栗の大きな木があった
江戸時代末期に作った母屋は
瓦屋根に変えられ
こつんこつんとあたる音がすると
屋根の上に落ちる音が
幼い者の眠りを破り
明るくなると
大急ぎで拾いに行った

美味しいものの少ない頃だったから
祖父が囲炉裏の灰に入れて焼いてくれるのが
楽しみだった
祖母が柔かくゆでてくれたのも
美味しかったけれど
包丁で二つ割にして
スプーンで食べる方法は
まだ知らなかった

とげとげのいがは恐ろしくて
小さな子供には苦手な存在だった
嫌われもののあれらは
どのような末路をたどったのだろうかと

今になってなぜか気になる
乾かせば燃やせるのだろうが
現代は焚き火は禁止の時代である

土に戻るのにどのくらいかかるのだろうか
有機物だから
やがて分解されて栄養源になるのだろうが

この年になると
持ち物の処分に頭を悩ますことが多いので
変なことまで気がかりになっている
一番悩むのは
東京電力福島原発事故の後始末だろう

柑橘《かんきつ》の力

みかんといえば
温州みかんを思い浮かべるだろうか
心臓に良いと聞き
毎日食べるようにしている

手軽に食べられるのは温州みかんで
早稲から晩生貯蔵用など
長い間お世話になるけれど
このごろは雑柑といわれるらしいが

年が明ければまずぽんかん
はるか　はるみ　はれひめ
せとか　まりひめ
土に埋めて酸を抜くという土佐文旦
不知火柑　たんかん
カラーマンダリン
セミノール
スイートスプリングなどとしゃれた名前の
これこそ金メダルだといいたいが
種が多くて食べにくい
まだ改良の余地がある

生協で案内されるものだけでも
種類が多くて驚いてしまう

昔からのはっさくやいよかんなどは
人気がないのか値段が安い
個食の時代で大きすぎるのかとも

いろいろ楽しんでいると
伊豆半島産のニューサマーオレンジが
初夏にふさわしい味で
柑橘頼みは終了かと思えば
懐かしい顔で
オーストラリア産の温州みかんが現れる
ハウスみかんが続くが
これはちょっと力不足だ

イタリアのイブレアで

悪政をした領主に
オレンジを投げつけて退散させる
オレンジ祭りが続いているけれど
大小さまざまなオレンジが日本にも育つ
みんなが厳しい目を養い
忖度《そんたく》はなしにして
悪政に目を光らせていこう

Ⅳ章　イランカラプテ・こんにちは

イランカラプテ・こんにちは

平成最後の云々と
強調するメディアの声が耳につく
そんな大晦日に
舞い込んだのは
イランカラプテ
一枚のＣＤ

イランカラプテ
イランカラプテ

アイヌ民族の挨拶言葉が
歌詞の中に繰り返し繰り返し出てくる

イランカラプテとは
こんにちは
あなたの心にそっとふれさせていただけますか
控えめでおくゆかしい言葉だという
この世に存在するすべてが尊重され
共存共栄の平和な暮らしをめざす
アイヌの精神が良く分かる
イランカラプテ
この素敵な挨拶言葉を
世界に広められないものかと
アイヌの芸術家の秋辺デポさんと

新井満さんが歌に作り上げた
「千の風」に勝るとも劣らない
すばらしい歌だと思う
穏やかで優しく
心が洗われるようで
いつまでも聞いていたい
広まっていけば
世界平和につながるかも知れない
新潟市生まれの新井満さんは
横浜から北海道へ移住し
羊を飼って暮らしているそうだ
新潟県人は
優しくて奥ゆかしいほうだ
私にもアイヌの遺伝子が入っている気がする

北海道旅行のお土産を送ってくれた友人は
合唱が趣味で
豊かな感性を持っており
活動的で色々情報をいただける
これからの挨拶は
イランカラプテとなり
しかもメロディつきとなりそうだ

正義感

人は生まれながらにして
正義感を持っていたのだと
乳児の実験から分かったという

京都大学の先生方の研究成果は
「ネイチャー」に発表されているそうだ
みんなが知ってほしい事です
人は社会生活をする以上
正義感は必要なことだから

生まれながらに備わっているのだろうと
それなのに
成長していくうちに悪知恵がついていくとは
なんとも情けない生き物である

書類の改ざんやら
データの不正やらを
平気でやってしまう
どの辺に正義感を
置き忘れてきてしまったのだろうか

レンズで

天帝さま
何なさっているのですか
いくらその星が面白いからって
レンズまで持ち出して眺めてはだめです
北極の氷が溶けていますよ

それは失敬
良い対策はないものかね
増えた海水を真水に変えて

砂漠に運んで草木を育てたらよいのに
人間がごちゃごちゃいるのだから
バケツリレーでもなんでもして
温暖化防止に励まなければな

だめでしょう
損得ばかり考えて
足の引っ張り合いばかりしているのですから
軍備のための準備ばかりに
力を入れているようですし
いつスイッチが入るかわかりません

ほう
ますますレンズが離せなくなりそうだな

文明の利器

日ごとに薄れ行く視力を
手助けしてくれるものが
たくさん出来ている
いい時代になったと思う
感謝をこめて
そのいくつかを記してみたい

日常の生活に一番多く使うのは
音声時計で

温度計もついているのがありがたい

メモに便利なＩＣレコーダーも
手放せない存在で
時には首にぶら下げて
動きながら再生を聞いたりする

次は拡大読書器か
電子ルーペだろうか
食品のほとんどを生協から買うので
その注文用紙に書き込むときに利用し
そして食品の調理の仕方を調べるのに
これらがなくてはならない

イギリス製のしゃべるはかりがある
一グラム単位で計れるので
調味料だってレシピどおりに用意できる
めんどうなのでそれらは適当に済ませる
お正月の餅つき器を使う時に
米と水を正確に計るのには大変便利だ

知的興味を満足させてくれるのが
読書で
大勢の方々のお力で
何度生まれ変わっても
読みきれないほどの作品が用意されている
しかもその再生器具が優れた物になり
眠れない夜があってもこれさえあれば

幸せが約束される

さらに高度なＡＩ機器は
「よむべえ」といい
活字を読んでくれる
かなり正確で
実に自然で聞きやすいのには
感心している

そしてその感動や喜びを
表現して伝えることは
音声パソコンが担ってくれる

これら文明の利器を探してくれる人を

選べたお手柄は
こちらの人を見る目に
狂いがなかったといえよう
相方様がそのへんのことが
少しばかり甘かったのだと
いえなくもないのだけれど

冬のオリンピック

ピョンチャン冬のオリンピックが始まった
ハーフパイプの妙技
フィギュアスケートの優美さ
まだ二回目だというスキーの新種競技

冬のオリンピックは芸術性が豊かで
見るのが楽しい
年々技が難しくなり
人間の努力には驚かされる

いい成績を出した人の言葉にも感心する
大勢の人たちの助けがあったと
周りの人たちへの
感謝の気持ちを述べる

人は人のために拍手し
心を通わせて
共に喜び共に悲しむ
ＡＩロボットには無理だろう

人工知能はありがたく利用して
余暇の時間が出来たなら
スポーツや芸術や文学や

その他いろいろ人間らしい喜びを見つけ
共に楽しめばよいのではありませんか

育み園

世界中で耕作地人口密度が
もっとも高いといわれるわが国で
耕作放棄地が増えていくのは
何とももったいないことだ
植物をいとおしみ
土と親しむ生活を毛嫌いさせたのは
何が悪かったの

親？　それもあるかもしれない

絶対政治が悪い
教育だって悪い
偏差値だけを上げるための
長い長い学校生活

これは友人が提案していたのだが
学校の近くに休耕田があったら
子供たちが思いのままに植物と親しめる
実験園のようなものを設け
退職した先生などが見守り
植物の不思議さや魅力を学びあえたら素敵だ

空き家などがあったら
ビオトープを作り

昆虫や小鳥などを観察し
自然の不思議さに目覚めれば
人間形成に役立つはずだ
わが国のノーベル賞受賞者の
科学系の賞を受けた人は
ほとんどが地方育ちだという

田植え

田舎の学校では
田植え休みがあって
とてもつらい思い出だけが残っている
あの手間のかかる田植え作業が
機械でできるようになり
いい時代になった

今では田んぼアートまで作り
美しい水田風景を楽しむ

余裕も生まれ
心を豊かにさせてくれる

山すそに広がる棚田の風景は
日本らしさを表しており
観光資源にもなってくれる

機械が入れないそこには
田植えをはじめ数々の仕事が
人の手作業で進められる

これはもう
手間隙かけて作り上げる
立派な芸術作品といえるだろう

扉を閉めたい

温暖化が進み
夏暑いのはわかるけれど
冬の寒波が厳しくなるのは
どうしてだろうか

温暖化で北極の氷が解けると
冷蔵庫の扉を開けておくようなものだとか
それで少しは納得

開いてしまったら閉める手立てはないものか
偏西風が変わってきたり
雨雲が動かなくなるのも
影響していないのだろうか

スケートリンクを作るように
夜海の水を氷にかけたらどうだろう
真水でなければならないのなら
自然エネルギーを利用して
電気を作り
海水を真水にしてかければよいだろう

科学おんちの
あどけないお話で

やっぱりおかしいでしょうか

それ　それ憲法改正だと
騒いでいる方が
よほどナンセンスだと
思えたりしますが

タンデム自転車

梅雨明けを待てずに
東北への旅に出かけた
八幡平《はちまんだいら》のホテルに荷を降ろし
そこにあったタンデム自転車*を借り
初夏の高原を走り回り
近くにある別荘地のそばまで行った
別荘生活には特別な思いはあるが
人影はなく静まり返っていたので
中までは入らず引き返した

私は自転車に乗れない
子供の頃大人用の自転車で
三角のりをマスターしたけれど
田舎の石ころ道でころんでしまい
以来敬遠していた
初めて夫の後ろに乗り
自転車をこぐ爽快さを味わった

翌日の観光は大雨で
毛越寺《もうつうじ》も金色堂も雨の中だった

五月雨の降りのこしてや光堂　芭蕉

まるで芭蕉の目で眺められた
たくましい夏草を想像していた
つわもの達の夢のあとは
若々しい草原が広がっていた

あれからふた昔も過ぎた
三陸海岸を回る旅の計画は
何度も立ててはみたが実現出来なかった
時間に追いかけられる欲張りな歩き方の
長い旅行はこれが最後になってしまった
今は地名もあやふやになり
地図に詳しいはずの同行者の返答も
頼りなくなってしまった

しかしながら
初めてのタンデム自転車でのサイクリングは
決して忘れることはない

＊複数人が乗り駆動できる自転車

タンデム自転車公道へ

わたしが感動したように
視覚障害者の人たちは
みな自転車のスピード感に
とりこになるらしい

ずっと前にしまなみ海道で
盲人たちがタンデム自転車を楽しむニュースを
羨ましいと思いながら想像していた
潮風の中を思い切りペダルを踏んで

この上ない絶景を全身で感じられたことだろう

今は一般の公道でも走れるようになったそうだが
二十三府県にもなっていたのには驚いた
障害者のために
ヘルパーつきのタンデム自転車を手配する
業者もあって喜ばれているそうだ
支援団体の働きかけで
公道走行ができるようになったようだ
閉じこもってめそめそしているだけでは
幸せは舞い込んではくれないものなのだ
ここ静岡県も二〇一六年に可能になったようだ
修善寺に自転車競技場もあるからだろうか

ある鍼灸師さんは自家用に備えたという
電動アシストつきもあるそうだから
老人でも便利に使えるだろう
前に乗ってくれるパイロット役が探せるか
それが問題である
後ろに乗る人はストーカーというのだとか
ちなみにタンデムとは
座席が前後に二つ以上並んだという意味らしい
いきいきと活動したいストーカーたちのため
心優しいパイロットが
たくさん現れてくれるのを
心から祈りたい

解説　最も大切なことを手渡す言葉を宿して

鈴木春子詩集『イランカラプテ・こんにちは』に寄せて

鈴木比佐雄

1

二〇一六年に第一詩集『古都の桜狩り』を出した鈴木春子さんが、第二詩集『イランカラㇷ゚テ・こんにちは』を刊行した。この詩集には三十八篇が四章に分けられて収録されている。第一詩集の解説文で私は次のように鈴木春子さんの詩について次のように記した。

「鈴木さんの詩の特徴の一つは、優しくも厳しい一人の眼差しを感じ、その愛するべき他者に感動を伝えて、この儚い世界を共に生きる実感を共有したいという願いを感じさせてくれることだ。その意味では決して虚ではない真実の感動を親密な人に伝えたいという純粋な思いが貫かれている。」

鈴木さんは越後平野からなだらかに連なる弥彦連山を見上げる西蒲原郡岩室村

に生まれた。その連山の中には良寛が暮らした国上山もあった。前詩集では冒頭の詩「高原の旅」では岩手の八幡平から見えた「大白檜曾《おおしらびそ》の森」に聖なるものを抱き、詩「おらが山」で良寛の山に心躍らせたことを記している。鈴木さんは自らも弱視というハンディを抱えているが、東京教育大学で障がい者教育を学び、県立沼津盲学校の教師として勤務し、家庭を持ち現在も静岡県に暮らしている。私たちは目が見えることは当たり前のことだと思っているが、鈴木さんにとっては見えることは奇跡のような出来事なのだと感じて感謝の念を抱いていることが読み取れる。私は鈴木さんの詩の中に「愛するべき他者に感動を伝えて、この儚い世界を共に生きる実感を共有したいという願いを感じさせてくれる」と記したのは、見たり聞いたりして感動したこと、多くの人のために誰もが気付かなかったことを生み出した感動的な人物を他者に伝えたいという切実さが、人一倍強いからだろう。鈴木さんの詩には、子供を含めた人間だけでなく草木や動植物とも対等で命を尊重し合い、共存し合う社会を目指していくという強い思いが貫かれているように感じられる。そのことが今回の詩集名の『イランカラプテ・こんにちは』というアイヌの精神性を表す言葉につながっていったのだろう。

2

新詩集はⅠ章「未来のための備忘録」十一篇、Ⅱ章「河津桜物語」九篇、Ⅲ章「最後の食べ物」八篇、Ⅳ章「イランカラプテ・こんにちは」十篇の計三十八篇から成っている。

Ⅰ章「未来のための備忘録」では、故郷での体験や故郷をより良い暮らしにしようと頑張る人たちの紹介や、また自らがよりよく生きるために若い世代への鈴木さんからのメッセージが込められている詩篇群だ。

例えば冒頭の詩「雪遊び」では、「しもやかけが崩れたりして／雪遊びはうれしくなかった／一つだけ／楽しんだのは／一面に広がる白い大地に／家の間取り図を踏み固める遊びだった／小さな藁沓で踏み固める高さが／部屋のしきり／／ここが玄関／ここが風呂場／ここが便所／ここが台所／ふところに手を突っ込み／せっせと雪を踏みしめる」と、しもやけに苦しむ少女の頃に、雪の上で将来の家の間取りを設計し想像力を膨らませていた。

詩「灯りの回廊」では、「除雪を続けて雪の壁が道路に積み上げられ／一番高くなる二月の第三土曜日の夜／雪の壁に穴を開けろうそくを立て灯をともす／住民すべてで／十万本のろうそくの火が／延々六十キロともるのだという」ように、故郷の新たな試みにエールを送り、「宇宙ステーションから／撮影していただけないものだろうか」とその雄姿を見たいと願っている。

詩「拝啓　チーフスノーマンさま」では、「やっかいものの雪を／冷やすためのエネルギー源とし／その利用方法を研究なさり／すでに立派な成果を上げられ／各地で普及しているとは明るい情報でした」と、上越市のチーフスノーマンである伊藤親臣《よしおみ》さんが提唱した「雪利用の冷却システム」が食糧の保存や夏の冷房などに活用され始めたことに希望を見出している。

詩「未来のための備忘録」では「振り返った時に／愛おしい日だったと懐かしめるように／くよくよせずに／今が一番いい時と励ましながら過ごして生きたい／これから人生のスタートラインに立つ／すべての人たちに言いたい」と「今が一番いいとき」と生かされる時間を愛しむ心を伝えている。

詩「一冊の本」では、「私の三冊目の本は／お二人の思い残した無念さに／背中を押され／思いの少しでも代弁できないものかと／考えているのだけど／力不足が悲しい」と親しかった志半ばで亡くなった友人たちへの代弁者たり得ない思いを吐露している。

詩「春夏秋耕冬読」では、「十一月二十六日はペンの日だという／島崎藤村が日本ペンクラブを作ったのを／もとにしているようだ／やはり創作意欲が増す頃と／わが意を得たり」と冬には春夏秋に耕したことにより「創作意欲が増す」ことの理由を語っている。

詩「踏み台を高く」では、「読んだ本を重ねていって／それを踏み台にすれば／遠くが良く見えてたくさんのことが分かるから／立派な人間になれるのですよ／もし孫がいたら／そんなふうに言ったかと思うが」と読書の効用を熱弁する。

詩「スプリングソナタ」では、「ベートーベンのスプリングソナタが流れると／魔法にかけられる／ピアノとバイオリンが／はしゃいで会話するように聞こえる」と優れた音楽が、楽器たちが楽しくお喋りして笑いあっているように聞こえると指摘している。

詩「ブルースカイブルー」では、「この歌がはやった頃／透明なブルーが私の救世主になってくれた／無くしてばかりいた／コンタクトレンズに／ブルーの色をつけていただいて／落としてもすぐ見つかって／コンタクトレンズ貧乏から抜け出せた」と、亡くなった西城秀樹の歌った鎮魂の思いとコンタクトレンズとの別れを重ねている。その他の詩「方違え《かたたが》」と「夜を行く」では、第二の故里の静岡県での暮らしを新たにする知恵を語っている。

3

Ⅱ章「河津桜物語」九篇は、愛着のある樹木や自然に寄せた詩群だ。詩「河津桜物語」では、その桜を発見した飯田勝美さんについて紹介しながら、その桜を発見し育てていった飯田さんの思いに鈴木春子さんは肉薄しようとしている。後半部分を引用する。

「この間の戦争で片目を失っていたそうである／男性とはいえ／心のそこには／憂いを抱えていたのではないだろうか／一人静かに釣りをしながら／何を思っていたのだろうか／趣味で通っていた河原で／桜の苗木を見つけ／庭に植え／十年の間待ってくれる優しさがあったから／貴重な花が日の目を見たのである／お名

前に美しいとつけられているのもいい／／ソメイヨシノに比べれば花期も長く／大ぶりで紅色も濃い／いい花を残してくださったことに／感謝をしながら／戦争で傷ついた人や／命を奪われた人々に／心からの鎮魂の祈りをこめて／そして平和のありがたさをかみしめながら／河津桜を見上げたいものである」

鈴木さんと同様に目にハンディがあることは、逆にどこかそのことによって心の目が発達するのかも知れない。飯田さんが「河津桜の美」を見出したのは、戦死者への鎮魂や傷ついた人びとを癒すためだったのではないかと推測している。河津桜は河津町の樹木となり、「河津さくらまつり」が毎年二月上旬から開かれ多くの人びとを集めている。その他の詩も桜を始めとする樹木や花々と共に生きている暮らしを記している。

Ⅲ章「最後の食べ物」八篇は、生きていくために不可欠な食べ物に因んだ詩篇だ。冒頭の詩「最後の食べ物」では、祖父や母が死ぬ直前の「最後の食べ物」について記している。全文を引用する。

「突然足腰が立たなくなって／祖父は寝たきりになった／そうめんを作ってほしいといわれ／囲炉裏の火で作ってあげた／中学生になったばかりの私が／ちゃんと作れたのかどうか分からないが／美味しかったとお礼を言われ／それっきり何も食べられなくなって／あの世へ旅立った／／病院で最後を迎えた母は／見舞い客が持ってきてくれた／おはぎを二つも食べて／それが最後になったそうだ／／さて私は何を望むのだろうか／白いご飯に筋子かな／ふあふあのケーキか／やはりおはぎにしよう／自分の家で自分の手でつくったものを／食べたいものだ／甘すぎないあんこのを二つ／お口なおしに／香ばしい胡麻みそをつけたのを一つ／そんないつものやりかたで／どうぞ　願いがかなえられますように」

この詩を読む限りでは、人は最後まで生きようとして好きな食べ物を食べる存在だと言えるかも知れないし、好きな食べ物を食べたら思い残すことなくこの世を去っていく存在なのかも知れない。それに答えはないが、鈴木さんは少なくとも最後に何を食べたいかを明らかにしている。その他の詩篇も食べ物の潜在的な力や暮らしの中での役割を明らかにしている。

Ⅳ章「イランカラㇷ゚テ・こんにちは」十篇は、鈴木さんがこれからの時代で必要とされて、甦ってくるべき精神性をこめて書かれた文明批評的な詩群だろう。

今回の詩集のタイトルにもなった『イランカラㇷ゚テ・こんにちは』は、アイヌ語のイランカラㇷ゚テの意味である「こんにちは」もつなげている。新潟市出身の作家新井満氏が作詞作曲した「イランカラㇷ゚テ～君に逢えてよかった～」は北海道の人びとに愛されて歌い継がれている。この言葉には「あなたの心にそっとふれさせていただきます」というアイヌ人の人間や動植物などの心に畏敬の念を持つ高貴な精神性が込められているという。鈴木さんは北陸の新潟出身であり、厳しい自然の中で生きる北海道のアイヌの精神性により親近感を抱いているのだろう。最後にこの詩の中間部分を引用したい。

「イランカラㇷ゚テとは／こんにちは／あなたの心にそっとふれさせていただけますか／控えめでおくゆかしい言葉だという／この世に存在するすべてが尊重され

／共存共栄の平和な暮らしをめざす／アイヌの精神が良く分かる／イランカラプテ／この素敵な挨拶言葉を／世界に広められないものかと／アイヌの芸能人の秋辺デポさんと／新井満さんが歌に作り上げた／「千の風」に勝るとも劣らない／すばらしい歌だと思う／穏やかで優しく／心が洗われるようで／いつまでも聞いていたい／広まっていけば／世界平和につながるかも知れない」

鈴木さんにとってこの「イランカラプテ・こんにちは」という言葉は「この世に存在するすべてが尊重され／共存共栄の平和な暮らしをめざす／アイヌの精神が良く分かる」言葉であり、生涯目指してきた詩作の言葉と精神が重なるのだろう。そんな鈴木さんの「最も大切なことを手渡す言葉」を宿した詩篇を読んで欲しいと願っている。

あとがき

詩を愛する皆様方、イランカラプテ・こんにちは。

初めての詩集を出して、思いがけずたくさんの方々から感想を寄せていただき、大変嬉しく思いました。その中には第二詩集をとのお言葉もあり、とんでもないことと思っていました。

それが、同人へのお誘いがあったり、詩集や同人誌を送っていただいたりして、急に知り合いが増え、心が触れ合える仲間がたくさん出来た喜びに浸っているうちに考えが変わってまいりました。

つながる喜びを得るには、やはり詩作をするしかないかと、視力の低下、脳の老化にもめげずに励んでみました。

世の中はＡＩ問題でゆれていますが、確かに格差社会になることは避けられないかも知れません。しかし人間は言葉があるかぎり助け合うことも出来ると信じます。詩はその大切な役目を果たす貴重な存在になることと思います。

言葉をあやつる訓練には詩が最適ではないかと私は考えており、そんな詩作を若い人たちに発展させて欲しいと願っています。

ささやかな私の願いをコールサック社の鈴木比佐雄様は受け止め、二冊目の詩集を編集し解説文も書いて下さり、他のスタッフの皆様にも大変お世話になり、心より感謝の言葉を申し上げます。また私を支えてくれる家族にアイヌ語のありがとうの意味の「イヤイライケレ」と、さらに今回お読み下さった皆様へも心をこめて「イヤイライケレ」とお伝えしたいと思います。

二〇一九年三月

鈴木春子

鈴木春子（すずき　はるこ）　略歴

1936 年 4 月　新潟市（旧岩室村）に生まれる
1955 年 3 月　新潟県立巻高等学校卒
1958 年 6 月　左眼失明をしたが、残された右目にコンタクトを入れて勉学に励む
1959 年 3 月　実践女子大学卒
1960 年 3 月　東京教育大学教育学部特設教員養成部普通科卒
1965 年 3 月　静岡県立沼津盲学校退職
2009 年 4 月　随筆集『心の透析機』（ひくまの出版）を刊行
　　　　　　　浜松市立城北図書館にて録音図書化
2016 年 3 月　第一詩集『古都の桜狩』刊行（録音図書化）
2019 年 3 月　第二詩集『イランカラㇷ゚テ・こんにちは』刊行

現住所　〒 432-8068　静岡県浜松市西区大平台 2 丁目 41-1

石炭袋

鈴木春子詩集『イランカラㇷ゚テ・こんにちは』

2019 年 3 月 28 日初版発行
著者　　　　　鈴木春子
編集・発行者　鈴木比佐雄

発行所　株式会社 コールサック社
〒 173-0004　東京都板橋区板橋 2-63-4-209
電話 03-5944-3258　FAX 03-5944-3238
suzuki@coal-sack.com　http://www.coal-sack.com
郵便振替　00180-4-741802
印刷管理　（株）コールサック社　製作部

＊装丁　奥川はるみ

落丁本・乱丁本はお取り替えいたします。
ISBN978-4-86435-388-5　C1092　￥1500E